幼兒全語文階梯故事系列

捉迷藏

袁妙霞 著
野人 繪

小松鼠跟朋友玩捉迷藏。

什麼東西軟軟的？

是小綿羊的毛呀！

什麼東西硬硬的？

是小烏龜的殼呀！

什麼東西濕濕的？

下雨了，快避雨呀！

導讀活動

進行方法：

❶ 讀故事前，請伴讀者把故事先看一遍。
❷ 引導孩子觀察圖畫，透過提問和孩子本身的生活經驗，幫助孩子猜測故事的發展和結局。
❸ 利用重複句式的特點，引導孩子閱讀故事及猜測情節。如有需要，伴讀者可以給予協助。
❹ 最後，請孩子把故事從頭到尾讀一遍。

1. 小松鼠為什麼蒙上眼睛？你猜他在玩什麼遊戲？
2. 你玩過捉迷藏嗎？你知道怎樣玩嗎？
3. 請把書名讀一遍。

P2

1. 這裏是什麼地方？
2. 小松鼠蒙上眼睛，他要跟朋友玩什麼遊戲呢？

P3

1. 小松鼠摸到的東西，給他怎樣的感覺？
2. 你猜他摸到什麼了？

P4

1. 你猜對了嗎？
2. 小綿羊的毛除了是軟軟的，還有什麼特點？

P5

1. 小松鼠摸到的東西，給他怎樣的感覺？
2. 你猜他摸到什麼了？

P6

1. 你猜對了嗎？
2. 小烏龜的殼除了是硬硬的，還有什麼特點？

P7

1. 什麼東西滴在小松鼠的手上？
2. 你猜為什麼會有水滴到小松鼠的手上呢？

P8

1. 你猜對了嗎？
2. 小松鼠和他的朋友還會繼續遊戲嗎？你猜他們要到哪裏去？

說多一點點

可愛的綿羊

綿羊生性馴良，身上長着鬈曲的羊毛，樣子十分可愛。綿羊身上的毛，冬天時可給綿羊保暖；到了夏天，農場的農夫就會替綿羊剪掉身上厚厚的羊毛。

羊毛的用處很多，可以製成保暖的衣物和毛氈。

有趣的烏龜

烏龜是一種古老的爬行動物，可以在陸上和水中生活。烏龜的身上長有堅固的硬殼。遇到危險時，烏龜會把頭、尾和四肢縮回龜殼內。

雨具

下雨天，我們要用雨具來保護身體，避免雨水把身體弄濕。雨具包括雨傘、雨衣和雨靴。

字卡

❶ 把字卡全部排列出來，伴讀者讀出字詞，請孩子選出相應的字卡。
❷ 請孩子自行選出多張字卡，讀出字詞並口頭造句。

請沿虛線剪出字卡。

捉迷藏	松鼠	朋友
玩	東西	軟
綿羊	硬	烏龜
殼	濕	避雨

幼兒全語文階梯故事系列
第２級（初階篇）

《捉迷藏》

幼兒全語文階梯故事系列
第２級（初階篇）
《捉迷藏》
©園丁文化

幼兒全語文階梯故事系列
第２級（初階篇）
《捉迷藏》
©園丁文化

幼兒全語文階梯故事系列
第２級（初階篇）
《捉迷藏》
©園丁文化

幼兒全語文階梯故事系列
第２級（初階篇）
《捉迷藏》
©園丁文化

幼兒全語文階梯故事系列
第２級（初階篇）
《捉迷藏》
©園丁文化

幼兒全語文階梯故事系列
第２級（初階篇）
《捉迷藏》
©園丁文化

幼兒全語文階梯故事系列
第２級（初階篇）
《捉迷藏》
©園丁文化

幼兒全語文階梯故事系列
第２級（初階篇）
《捉迷藏》
©園丁文化

幼兒全語文階梯故事系列
第２級（初階篇）
《捉迷藏》
©園丁文化

幼兒全語文階梯故事系列
第２級（初階篇）
《捉迷藏》
©園丁文化

幼兒全語文階梯故事系列
第２級（初階篇）
《捉迷藏》
©園丁文化